わたし、「てんかん」になったよ。

小角亜紀子

JN075960

Clover
クローバー出版

わたし、「てんかん」になったよ。

はじめに
～私はなぜ、てんかんで生まれたの？～

私には、てんかんという病気がありました。

それが分かったのは、6歳の時。そして私は長年の間、てんかんは理解されない病気だと思っていました。私はなぜ理解されない病気で生まれたのだろうか？　その事をずっと考え、苦しい毎日を送っていました。

「私は、周りから理解されない」

こんな思いが常にあったのです。なぜそう思ったのかと言えば、ほとんどの人がてんかんを理解していないと感じられたからでしょう。

それはきっと、てんかんだけではありませんね。障害のある方の多くは、周りから理解されないという思いを持っているはずです。私もてんかんの発作で周りに迷惑がかからないように、いつも周りを気にしていました。

そうやって周りを気にしていても、てんかん発作は予告なく起こります。そしてまた、てんかん発作を起こしてしまったと自分を責めます。自分を責めても自分が辛いだけ。ですが、自分を責める事をやめられなかったです。

私がてんかんだった事で、私だけでなく私の事を一番近くで見守ってくれていた母も辛かったのだと思います。**お母さん、てんかんで生まれてごめんなさい、**いつもそう思っていました。

昔の私は、てんかんの事を周りに話す事はとても出来ませんでした。私がてんかんだと周りに話したらどう思われるだろうと、不安で不安で仕方なかったのです。

とにかく、周りから普通に見られるようにと必死でした。だからてんかんである事を必死に隠していました。そうすれば、私は普通の人と同じだと思っていたのです。

でも、これは間違いでした。

ある時、気付いたのです。てんかんは個性だという事に。

もちろん、周りの理解も必要です。でも本当に必要なのは、自分が自分を受け入れる事ではないでしょうか。自信を持って生きる事です。

私自身がてんかんである自分を否定し、てんかんは個性だと受け入れる事が出来ていなかったのです。周りにどう思われようが、自分の考えを優先する事が出来なかったのです。

周りと違う事が怖かった。

まだ世の中には、てんかんへの偏見はあると思います。でもそれは、本当に偏見を持っている人だけの問題でしょうか？
てんかんの人が、自信を持って周りに話さない事も、偏見がなくならない理由なのかもしれないと今は思っています。話さなければ理解される事もありませんから。

私と同じように、てんかんの方に伝えたいのは、**てんかんには偏見がある事を、まず受け入れましょうという事。**そして、てんかんの病気を周りに伝えてほしいのです。怖いと思います。はじめ私は怖くて、周りにてんかんを伝える事なんて出来ませんでした。

でも、それでは社会はずっと変わりません。

私はなぜてんかんで生まれたのだろう、理解されないてんかんの病気を選んで生まれてきたのだろう？　とずっと考えていました。そして答えが分かりました。

地球でてんかんを体験したいと思ったから、てんかんを選んで生まれてきたのでしょう。そしててんかんは素敵な個性だという事を、社会に伝える使命を持って生まれてきたのだと思います。私が病気について伝える事で、**てんかんの病気を理解して欲しいのです。**

変わらなくてはいけないのは、自分自身だった事に気付き、私は生きる事がとても楽になりました。てんかんの方も勇気を持って生きられるよう、てんかんへの偏見が少しでもなくなるよう、私の思いをこの本に記したいと思います。

側頭葉てんかん
左海馬硬化症だった私

私が6歳の時に、てんかんだという事が分かりました。子供の時にてんかんになると、大人になれば治る可能性が高いと言われています。ですから私も大人になれば治ると信じていました。でも、大人になっても、治る事はありませんでした。

その後、母が色々と調べてくれ、私のてんかんについて詳しい事が分かってきました。

てんかんには二種類あります。全般てんかんと部分てんかんです。脳全体で興奮が始まるなら全般てんかん、脳の一部から興奮が始まるなら部分てんかんになります。

検査を受ける事により、私は部分てんかんのなかの側頭葉てんかんで、左海馬硬化症だと分かりました。記憶を司る左の海馬が硬化している病気です。その海馬が硬化している事で、脳に電気が走り発作が起こるのです。

意外に思われるかもしれませんが、私は左海馬硬化症だと分かった時は、ショックを受けませんでした。

むしろ嬉しかった。

なぜかといえば、私は小さい頃から、とてものんびりとしていて、よく忘れる子でした。遅い事が良しとされる事はあまりないので、周りからよくイライラされていました。そのイライラをぶつけられた事も、少なくありません。

しかしそれが自分のせいではなく、海馬の硬化によって起きていると分かった事が、とても嬉しかったのです。

私の努力が足りなくて、覚えが悪かったわけじゃなかったんだ。覚える事が出来なくて、当たり前だったんだ。

その事が、嬉しくて、嬉しくて、たまらなかったのを、今でも鮮明に覚えています。

でも、その一方で、もう一つの思いが頭をよぎりました。昔

の自分に対して、

本当にごめんなさい。

そう、思ったのです。

なかなか物事が覚えられず、やる事が遅い私に対してイライラしているのは、周りだけではありませんでした。私自身も私にイライラしていたのです。自分にイライラする事は、自分の事をいじめるのと同じ事です。そうやって自分を否定してきたのです。

自分を否定する事は、自分に対してとても失礼だと思ったのです。

昔の私は、てんかんの病気でも普通の人と同じように生きたいと願っていました。でも、普通の人と同じってなんでしょう。それは自分の個性を封印すると言う事ではないでしょうか。自分の素敵な個性をなくして生きるのは寂しいです。

それでも私は自分を守るために、てんかんという個性をなくして生きなければと思い、必死に隠してきました。とても辛かったけど仕方がなかった。なぜ私は、こんなにも必死に、てんかんの病気を隠しているのだろう。そんな事をよく考えていました。

おまけに、覚えがとても悪く、理解する事に時間がかかります。**ただ生きていく事だけで、とても疲れていました。そしてそんな自分を責めていました。**

色々と考えるほど、自分の事が分からなくなっていました。でも私は必死でした。私はてんかんの病気があるから普通の人と同じように生きる事は出来ない。でも、出来るならば、普通の人のように生きていきたい。その堂々巡りを繰り返していました。

だから必死で、てんかんの病気を隠そうとしていました。てんかんの病気は隠す事は出来る。てんかんの発作が起きた時、周りに分からないようにすればいい。

てんかんの発作は、隠さなければならないと思っていたのです。

でも、それは間違っていました。

てんかんは個性です。

どんな人にも素敵な個性はあります。個性が見えなくなると、本当の自分を生きる事が出来ないのです。私は個性を隠して生きていたので、本当の自分を生きてこなかった。ありのままの自分を生きる事が出来ませんでした。

本当の自分を生きる勇気がなかったのです。てんかんを隠していく方が、楽に生きていけると思っていました。**冷静に考えるととても辛いです。**

その後、母がさらに色々と調べてくれて、左海馬を切除する手術をすればてんかんが治るかもしれないと分かったのです。

そして手術によって、私のてんかんは治りました。

もしもっと早く、左海馬硬化症だと分かっていたら、こんなに周りからイライラされたり、自分にイライラする事もなかったかもしれない。正直、そんな風に悔しく思う時もあります。

でも今、この辛い体験を通して、てんかんの事がよく分かったから、周りにてんかんの事を理解してもらえるようにこれから行動していこうと思っています。

人生に遅い事はないのですから。

理解されない病気になるという事

みなさんは、てんかんの病気を知っていますか？

世の中ではまだ、てんかんの病気は怖い、なんだかよく分からない病気と言う声が聞こえてきそうですね。それも無理はないと思います。そこで少し、てんかんについて説明させて下さい。

てんかんの発作を見た事がある方はご存知だと思いますが、発作が起きると意識が飛び、けいれんを起こします。私の場合、発作が起きている時間は数秒です。数秒、意識が飛びます。私は発作が起きている時、後ろから誰かに襲われたような気持ちになります。まるで「怖い」、「誰か助けて」と心の中で叫んでいるような状態なのです。

発作が終わると少しの間眠くなり、ぼうっとします。それが終わると、疲労感は少し残りますが、何事もなかったかのようにふるまう事が出来ます。

発作が治まるまでの時間にも個人差がありますが、長くても数分。その後、少しの間ぼうっとしていますが、その時間も数分です。初めて見た方はびっくりし慌てると思いますが、お願いしたい事は「落ち着いて見守ってほしい」という事です。

てんかんの発作は回復するまでに、10分から20分ぐらいかかります。一日は24時間ですから、1440分です。そのうちの10分から20分のほんのわずかな時間なのです。

その時間を、どうか見守っていただけませんか?

発作が起きる事で一番不安になっているのは、実は当の本人です。何度発作が起きても慣れる事はありません。いつも不安です。その事を、知っておいていただけたら嬉しいです。見守っていただく事で、たとえ私たち本人から感謝の気持ちが見られなかったとしても、心の中では感謝をしています。

私は側頭葉てんかんでした。てんかんは有り難い事に治りましたが、健常者の方と全く同じように生きる事は、てんかんが治った今でも出来ません。記憶を司る左海馬がないため、普通と言われる人と理解の仕方が違うような気がしています。

色々な事をよく忘れてしまい、周りの人に迷惑をかける事もあります。申し訳ございませんと、謝る事しか出来ません。

昔は周りの人と違う自分を責めていました。周りの人と同じようにする事が良い事だと信じていたのです。

ですが、ある時、気が付きました。

健常者の方でも同じ人はこの世に一人もいません。一人ひとり個性があります。どんな人にも素敵な個性があるはずです。

でも日本人は周りと同じ事が良いとされる傾向がありますね。だから個性が活かされない。もったいないと思っています。

私には強烈な個性があると思っています。てんかんの人は個性的な人が多いのです。その個性が周りの人にも分かるように生きていて初めて、その個性は活かされます。

周りの人と同じように生きる事が良いと思い、世間に合わせて生きていると、素敵な個性が見えなくなります。ありのままの自分で生きていけばいいのだと、今やっと気付きました。てんかんの病気はその人の個性なのですから。

てんかんの発作は数秒で終わります。その発作が起きている数秒の間、何も起きていないように周りと接します。結果、周りの人はあまり気付いていないはずです。自分はとても疲れますが、周りに分からないのであれば良いと思っていました。

てんかんである事を話すと、とてもびっくりされる事が多いです。どんな病気なのか分からず、不安に感じる人も多いと思います。

人の個性を理解する事は出来ますか？　自分と似ている個性は理解出来ると思います。でも全然違う人の個性は、理解するのが難しいはず。それと同じです。自分とは違うけれど、それが個性なのだと思っていただきたいのです。

もし、周りにてんかんの方がいたら、てんかんの事を頭で理解しようとせず、心で感じていただけたら嬉しいです。そして、どうか見守って下さい。てんかんという個性を発揮できるように、温かい眼差しで見守ってほしいのです。

てんかんの病気の人は、心が綺麗な人も多いように思うのですが誤解もあるでしょう。真っすぐなのです。なぜかと言えば、人は心で感じた事を脳が理性的に、論理的に処理して言葉を発します。ですが、てんかんの人は心でどんなに素敵な事を思っても、脳がきちんと処理をしてくれず、言葉として表現するのが難しいのです。

うまく言葉は出ていなくても、心には真っすぐな思いがある事を知っていただけるとうれしいです。

てんかんを隠して生きてきた、私の人生

私は6歳までは、とても元気な女の子として育ちました。友達と公園を駆け回り、ただただ毎日を楽しく過ごす日々。その後、6歳の時にてんかんである事が分かると、人生は一変してしまったのです。

私はてんかんである事を、必死で隠して生きてきました。

それはてんかんに偏見があるから。
あなた、てんかんなの？　と思われるのが嫌でした。

私がてんかんだと知ると周りの人は怖がります。多分、どうしていいのか分からないからでしょう。その反応を見る事がとても嫌でした。だから小さい頃の私は、一人でいる方が多かった。そのほうが楽だったのです。周りに誰かいるのであれば、てんかんの発作は隠していました。でも本当に、てんかんの発作を隠すのは大変な事だったのです。

発作が起きている時は意識が飛んでいるわけですから、普通の状態ではいられません。なのに、その状態を隠そうとしていました。必死だったのだと思います。

周りからよく心配もされました。心配をしていただくのは有り難いのですが、本当に心配してくれるのであれば、ただただ見守っていただければと思います。

病気や障害があるだけで辛いのです。健常者の方のようには生きてはいけません。でも、なるべく周りに迷惑をかけないようにがんばっています。その事を理解していただけたら嬉しいです。

そしてもう一つ、私が発作を隠すようになった理由は、**母が大好きだった**から。

その母がてんかんの事を隠すから、私も隠さなければいけないと考えていたのです。母の思いに応えたかった。

人は相手の事を思えば思うほど、相手の思いに応えたいと思います。でもそれは本当に正しい事なのでしょうか？　その思いに応えようとして、自分を隠さなければならない。そのような事は辛いと思いませんか?

私は辛かったのです。隠していた方が良いのだと思わされ、母の思いに黙って従っていました。でも本当は、隠している事ほど辛い事はなかったです。

きっと母は、私を守ろうとしていたのだと思います。何から守ろうとしていたか、それはてんかんに対する偏見です。

私自身、てんかんである事で、周りから白い目で見られたり、傷つく事を言われた経験があります。なぜ、こんなにひどい事を言われないといけないのだろうと思った事もあります。てんかんだから仕方がないのか、と思う事しか出来ませんでした。

病気そのものよりも辛いのが、こういった精神的なダメージです。病気の事で辛い事を言われたり、理解されない事。そしてこの精神的なダメージから、自分をも諦めてしまうのです。

てんかんの発作が起こらないように生活をすると、どうしても色々な事をセーブします。てんかんだから諦めようと思うのです。諦めた結果、私は何も出来ないと思い込んでしまいます。

本人にとって、自分は何も出来ないと思うほど、悲しい事はありません。

みなさんは風邪を引いている人には、優しく接する事が出来ると思います。でもてんかんの病気がある人に、優しく接する事は出来ますか？　てんかんの病気を怖がる人は多いと思います。てんかんはよく分からない病気だと思われていますから。

そして自分や自分の大切な人がてんかんでなければ、興味もないと思います。人はそんなに暇ではありません。

でも、もし出来るなら、てんかんの病気を怖がらないで下さい。

周りの人に偏見を持たれてしまうと、てんかんである本人が諦めてしまいます。本当の自分を生きる事を諦めてしまうのです。てんかんである人には周りの方の応援が必要です。それが出来れば、本人がてんかんと向き合う事も出来ます。

人の素晴らしさは、その人がどれだけ愛に溢れているかで決まると思っています。

病気や障害のある人は愛に溢れている人ばかりです。でも、病気、障害というだけでひどい扱いを受けたりします。そういう扱いをされていると、周りにも愛を見出せなくなってしまいます。

てんかんの病気だけではなく、病気や障害のある人は、世の中に対して申し訳ないと思って生きています。自分の存在が迷惑をかけていると思っているのです。確かに周りの人に助けてもらわないと生きていけない人もいます。

でも、もしそんな人を責めない社会だったら。世の中に偏見がなかったら。どうでしょうか？

誰もが自分らしく生きられる、素晴らしい社会になると思いませんか？　私もてんかんであっても堂々と生きられたかもしれませんし、自分の個性をもっと大切に出来たかもしれません。あなたの周りにいるてんかんの人にも、ぜひそう思ってもらえるように応援していただきたいのです。

そしてそれは手取り足取り、全てをやってあげる事ではありません。**私は思うのです。優しさとは、見守る事だと。**

どんな事もやってあげる事が優しさではありません。相手の事を思って何でもやってあげてしまうと、愛というものは見えなくなるのです。

何でもやってあげている本人は、相手が依存するとそこに自分の価値を見つけるのかもしれません。でもそれはおかしいのです。相手に依存させると、依存した人は自立が出来なくなります。自立をしないまま大人になる人が日本にも多いのではないでしょうか。

周りに合わせる事が良いとされる日本には、そのような人が多いのかもしれません。周りに合わせてばかりいると自分を抑える事を覚えるので、それが優しさに見えたりします。その優しさに甘えてくる人もいます。でもその優しさは本当の優しさではありません。**自分の気持ちを抑えて相手のためにと行動をする時、そこには依存の関係が生まれます。**

人に頼り、頼られての関係なら良いのです。

でもどこかで人は勘違いをしてしまいます。依存しすぎてしまったり、依存させすぎてしまったりという事が起きてしまうのです。

てんかんがあると、確かに健常者の方とは同じようには生活が出来ません。でも、発作が起きていない時は周りと変わりなく生活が出来るのです。これだけ聞くと、助けたら良いのか、無関心で良いのか、困る人は多いかと思います。私からのお願いは、見守っていただきたいと言う事、ただそれだけです。

世の中から、病気や障害に偏見をなくしたいと私は思っています。病気や障害に偏見がなくなれば、一人ひとりがゆとりを持てると思うからです。

病気や障害のある人は弱い立場にいます。**弱い人に優しくして欲しい。**相手を思いやる気持ちがあれば優しく出来ます。**病気や障害のある人に優しくする勇気を持って下さい。**

てんかんの病気がよく分からないと思う気持ちは、私も理解出来ます。てんかんの病気を理解しようと思うから、理解出来ないのではないでしょうか。無理に理解をしようとしなくて良いと、私は思います。

てんかんは目に見えない病気です。目に見えない物は想像する事が難しいものです。だから想像しなくても良いのです。脳で考えるのではなく、心で感じて下さい。心の目で見て下さい。

そして愛を、思いやりを持って見守って下さい。

世の中には愛だと思う気持ちと、不安だと思う気持ち、このどちらかの気持ちしかないと言います。2つだけなら、愛を持って生きた方が自分も周りも幸せなのではないでしょうか。

一番大切なのは、自分は出来ると思える事

私は長い間、自分がてんかんだから、やりたい事が何も出来ないと思いこんでいました。

でもある時、**てんかんだから出来ないのではなく、私だから出来ないんだ**と気付かされたのです。この大事な事に気付くまでとても長かった。いろいろな事をてんかんのせいにして、生きてきたのです。

昔の私は自分をとにかく責めていました。**私はてんかんの病気があるから何も出来ない。**こう思っていれば生きていける気

がしていたのです。そして、**一番大切にしなければいけないはずの自分を責めていました。**

確かに人より出来ない事はありました。でも私は、出来ない事ばかりを見ていたのではないかと思うのです。てんかんを理由に、出来ない事を探していました。そして出来ない事が見つかれば見つかる程、寂しい気持ちになり、さらに自分を責めるのです。

今の私からてんかんの方にお伝えしたい事、それは諦めないでほしいという事です。生きていればいろいろな方に出会います。平気で傷つく事を言う方もいます。でも諦めないで欲しい。傷つく事を言う方もいますが、愛がある優しい方もいます。最後は自分次第です。

どんな辛い状況であっても、自分には優しくして下さい。自分が一番の味方であればいいのです。自分に優しくしているだけでいいのです。でも自分に優しくするという事は難しいのかも知れません。てんかんの病気があると、それだけで自分を責めます。私もとにかく自分を責めていました。

でもそれでは何も変わりません。せめて自分には優しくしてあげて下さい。

てんかんには偏見が多いという考え方が、私の人生を生きづらいものにしていました。

確かにてんかんに対して偏見は多いのですが、自分次第でその状況を変えられる事を忘れないで下さい。

なぜなら、覚悟を決めた人に、世の中は優しくなるのです。

てんかんである事を私はずっと隠してきました。でもある時から、てんかんであった事を積極的に話すようになったのです。そうしたら、自分を取り囲む社会ががらっと変わりました。

私は手術をしててんかんが治ったから、その事について周りに伝える事が出来るようになったのかも知れません。ですが、私はそれだけではなかったと思っています。

一番大きなきっかけになったのは、覚悟を決めたからです。

その覚悟とは、迷惑をかける覚悟です。 てんかんで生まれたという事で周りに迷惑はかかります。分かっているのだから、思いっきり周りに迷惑をかけてしまえば良い。その覚悟を決めたら、社会は自分にとって優しくなり、とても生きやすくなりました。

覚悟を持って、どんな反応も受け入れると決めて、自分はてんかんの病気であると言う事を周りに伝える事が出来るようになったのです。

以前、私は販売の仕事をしていました。販売の仕事は人と接する事が多い仕事です。接客中に、発作が起きる事もありました。実際、発作が起きながら接客をしている事もあります。冷静に考えると怖いですよね。

周りに迷惑をかけていました。でも、てんかんである事を周りに話す事で嫌われたくないという思いがあり言えなかったのです。そう思う一方で、てんかんについてなかなか話せない自分に対するジレンマもありました。

例えるなら、好きな人に告白したいのだけれど、緊張して告白が出来ない。そんな思いでした。早く言ってしまえば良いのだろうけど、言った後の周りの反応はきっと好意的なものばかりではないだろうと考えると、なかなか言い出せません。

本当に好きな人に告白しようかどうしようかと悩む感じです。告白するのって、本人はとても悩みますよね。でも告白する事で結果はどうであれ、自分の気持ちの整理が出来ると思います。

相手を思いやる気持ちがあれば、困難にぶつかったとしても、いつか自分の思いは叶うと信じています。てんかんで生まれた事に対して、何度も嫌になりました。自分は何か悪い事をしたのかと思い、自分をこれでもかと思うほど責めていました。**自分を責める事は楽でした。**

でもそれでは何も変わりません。

今の世の中は、自分や他人を責めてばかりのような気がします。だから私も周りに合わせて、自分を責めていました。

てんかんを持ちながら、生きていくのは難しいかもしれません。確かに大変でした。**でも、今思うと大変にしていたのは自分ですね。**

私が「てんかんに対しての偏見は消えない」と思っていたので実際消えなかったし、「理解してもらえるわけがない」と思っていたから、理解されなかった。

人は思った通りの生き方をするのです。だから、私の思っている通りになってしまっていました。でも今は、辛かった過去があったから、幸せだと感じる事が出来ています。

私はよく人からそう見えるのか、「苦労してないよねー」と言われますが、**苦労をしていない人なんてこの世にはいません。**

同じ事を経験しても、その事を苦労と思うのか思わないのかの違いだと思います。どんなに辛い体験も、自分次第で変える事が出来る。私はてんかんによって、その事を学びました。この経験は、何にも代えがたい私の宝物です。

てんかんだから……と諦める

私はてんかんがあったために、諦める事が多い人生を送ってきました。

もちろんてんかんだったから、本当に出来ない事も多かったのですが、周りにいつもやりたい事を止められていました。周りに止められても、初めのうちは出来る！　と思ってやりたい事をやろうとするのですが、いつも止められていると次第に諦める事を覚えます。諦める事は早かったです。

てんかんに限らず、病気や障害がある人は、世の中からなかなか理解されません。

だから、世の中に出ていく事をやめてしまう。本人が諦めてしまっては周りの人も理解出来ないですよね。でも、本人も周りに理解されないという思い込みから、てんかんである事を言わないでいます。それでは理解は生まれません。お互い様なのだと思います。

てんかんは江戸時代からの病気と言われています。今、時代は令和です。ずいぶん長い間、てんかんは理解されていない病気なのです。

人の思いは強いものです。どうかてんかんを素敵な個性だと

思って下さい。そうやって一人ひとりの意識が変われば、てんかんという病気の見方が変わります。てんかんの人も健常者の人もてんかんは素敵な個性なのだと思う事が出来れば、てんかんの人も勇気が出せます。勇気を貰えれば、自分のやりたい事にチャレンジしようと思えます。

でも、諦める癖が付いているので、すぐに諦めてしまうかも知れません。そんな時こそ、周りの人がそっと見守ってくれれば、本人は諦めずに自分のやりたい事、やるべき事が出来るはずです。

私もいつも諦めていました。てんかんだから、私に出来る事はない、私はここにいる意味がない。それはやがて、このような思いに発展していきました。私はここで生きる必要はあるのか、私はここから去りたい、私はこの世を去りたい。

私は死にたい。

そんな強い思いがあったのです。でも、この思いは叶いませんでした。先ほど、人の思いは強いと言いました。自分の思いが強いほど、いろいろな事が叶います。でも私の死にたいという思いは叶わなかった。強い思いのはずだったのに叶わなかったのです。どうしてだと思いますか?

人が死にたいと思う時。それは、本当は生きたいという思いの裏返しなのです。

本当に死にたいのであれば、考えたりする前に自殺する事を選ぶと思います。私は自殺する事を考えた事は一度もありません。本当はこの世で生きていきたい、楽しく生きていきたいと思っていました。でも、てんかんだから楽しく生きていく事が出来ない。絶望していました。

てんかんの病気は決して怖いものではありません。てんかんの発作が起きると脳に電気が走るので少し疲れるだけです。でもその発作を抑えるために、日頃からいろいろと気を付けないといけません。

気を付ける努力をしていると、諦める事も増え、自分には何も出来ないと思い込んでしまいます。だから、てんかんの病気だと生きづらくなるのです。

てんかんであっても、楽しく生きていける世の中であって欲しいです。そうあるべきだと思います。

てんかんの病気の人に対して、発作が起きた時に何かをしてあげるのではなく、発作が起きていない時に何か出来る事はないだろうかと考えていただきたいのです。てんかんの人は発作が起きないように毎日を生きています。でもその生き方はとても疲れます、楽しくありません。

みなさんも地震が起きても困らないように、日頃から地震に対して備えておきますよね。でも一通りの事をやったら、もう何も出来ないと思います。毎日心配して生きていくこと程、人は暇ではないからです。

てんかんを持っている方は、発作が起きても困らないように発作が起きた時の対処方法を考えて生きています。でもこれも、毎日心配して生きていく程、暇ではないです。

地震が起きる事、てんかんの発作が起こる事は、同じ事だと思います。地震が起きる事は地層の問題で、自分ではどうする事も出来ない。てんかんの発作が起こる事も、脳の問題で、自分ではどうする事も出来ない。

いつ起きるか分からないから不安でビクビクしながら生きるか、自分にはどうにも出来ないのだから、備えはしてもあとは自由に全力で生きるか。その意識の問題でしょう。

これは全ての事に言えます。今どんな状況にいても、自分の思い方次第で、未来は好きなように変える事が出来るのです。

私がてんかんの病気で生まれたという事実は、変える事が出来ません。それは自分で地球に生まれる時に決めていたからです。私は地球でてんかんを体験したいと思ったから、てんかんを選んで生まれました。てんかんの病気、面白いかなあと思ったのです。

でも周りの人がてんかんを怖がるので、周りの人と、接していく事はとても大変でした。

私は発作が起きている間、意識が飛びます。発作の間、私はここにいないという感覚になります。私の身体はここにあるのに意識はここにいない感覚。そして、発作の間はとても怖くなります。もしかしたら私は、発作の間、意識を持って生きている私の事を思い出そうとして、もがいているのかもしれません。

普通に生きていても、何かが思いだせなくなると、イライラしますよね。思い出せない事に対して、自分を責めると思います。それと同じです。

発作の間、いつもの自分の感覚を思い出したいけれど思い出せなくて、イライラして、不安になり、怖くなっていました。

てんかんだから出来ない事もあります。**でも、出来ない事が多いと思って生きるのと、出来る事もたくさんあると思って生きるのでは、全く違った人生になるのです。**

病気や障害で悩んでいる方にお聞きしたいです。あなたは今日、どんな風に過ごしましたか？　いつもと変わらず、何も良い事がない一日だった。そう思っているかもしれませんね。でも、よく思い出してみて下さい。

ご飯を食べませんでしたか？　少し街を歩いたりしませんでしたか？　その道端に花が咲いていたりしませんでしたか？　ベッドで寝ていて、そんな事は出来なかった、そういう人もいるかもしれませんが、それでも今日を一日生きる事が出来ました。

あなたの毎日も、見方次第で、出来る事に溢れています。**少しでも、今日出来た事に目を向けて、人生を生きてみて下さい。**

今、てんかんで悩んでいる方、病気で悩んでいる方に、伝えたい事です。

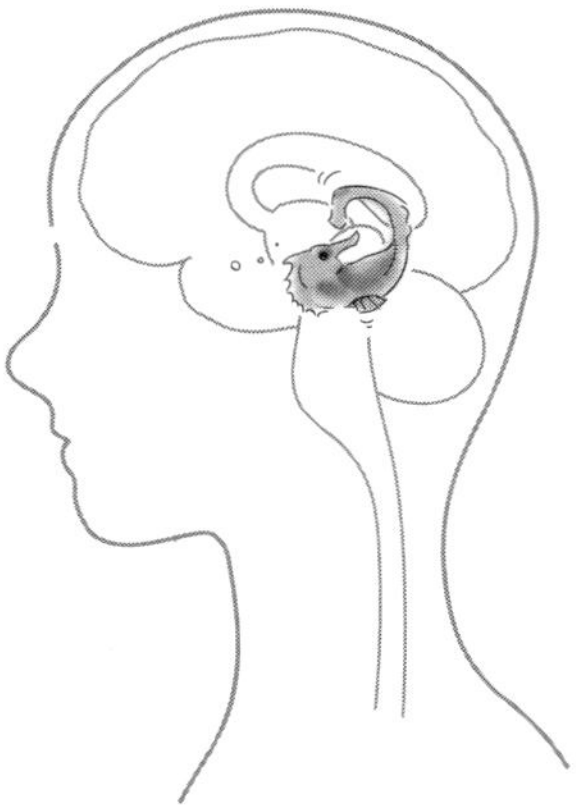

てんかんだったから、出来た趣味

私はずっとてんかんの薬を飲んでいました。てんかんが治った今も飲んでいます。

一般的に、薬には副作用があります。私が飲んでいる薬も例外ではなく、さまざまな副作用がありました。**その中でも、眠気は辛かったです。**

朝はなかなか起きる事が出来ない。昼間は動いていても、あくびばかりしていました。いつも、眠いの？　と言われていました。薬の副作用だよと言いたかったのですが、てんかんである事は周りには言っていないので言えません。なんだか悔しかった。

そして薬を飲んでも、てんかんが完治するわけではないので、薬の量も年々増えていました。増えれば増えるほど、身体への負担は増える気がしました。

薬を飲んでも、てんかんの発作をゼロには出来ません。でも、飲まないより飲んだ方が発作の数は少ないのです。全く飲まないと発作が起きてしまう。一方で、あまり薬に頼っていても、副作用がどんどん強くなっていくのではないかと不安でした。どうすれば良いのだろうかと何度も悩みましたが、どうにも出来ませんでした。

私は薬が大嫌いでした。嫌いとは言っても、薬のおかげで私のてんかんの発作は抑えられていたので、感謝をすべきだと思います。**ですが、正直な所、感謝は出来ませんでした。**副作用の事が気になっていたのです。

その後、私はてんかんを手術で治す事が出来ました。これで、薬を飲まなくてよくなる！　副作用もなくなる！　ととても喜んだ事を覚えています。

ですが実際は、少し違いました。薬は少しずつ減らしていくと、先生に言われたのです。一気に減らしたい思いはありましたが、最終的になくなるのなら感謝をしようと思い直しました。

そして、薬を減らし始めます。

飲まないといけないという思いがあるから、薬がどんどん嫌になります。こうしなければいけないと言われると、人は反発するものです。

先生の話を聞いていると、ずっと飲んでいた薬を突然ゼロにするのは怖いから一種類残して服薬している人もいると聞きました。**でも、私は早くゼロにしたいと考えていました。**

実際に減らし始めると、何事もなく時間は過ぎていると思っていたのですが、**色々と不思議な事が起こり始めたのです。**

ご飯があまり食べられなくなり、家事も全くやりたくない。無気力でした。さらに夜の暗さが怖い、人が怖いという気持ちが出てきて、日に日に強くなっていったのです。

結果、夜は眠る事が出来なくなり、ふと家のベランダから飛び降りようかなという思いがよぎるようになりました。飛び降りたら即死だろうなと、ぼんやり考える事が増えてきたのです。

明らかにおかしい。なぜこんな症状が出ているのかなと考えていたのですが、薬を減らしているからだと思いました。早速先生に相談しにいくと、薬に依存しているからなのだと教えてくれたのです。

分かったからといって、治るわけではありません。でもその時は、原因が分かっただけでも、なんだか安心しました。自分で薬を減らしていく事で起きる症状からなので、大丈夫と言い聞かせていました。

とりあえず生きていましたが、今度は足がむずむずするような症状が出てきたのです。じっとしていられなくて、足を動かすと少し落ち着きました。運動不足なのかなと思い近所を散歩しました。ですが、足のむずむずは治りません。そこで、さらに距離を伸ばして散歩をします。私は意地になり、散歩をする距離がどんどん長くなっていきました。

ですが、この意地が功を奏します。歩く事で気持ちが前向きになっていったのです。

歩く事で健康にもなる、気持ちが前向きになる。そして脳も活性化しているのではないかと思いました。私の脳は海馬が一つなので覚えが悪いのですが、歩く事で少しは良くなった気がします。

でも、一番嬉しかった事は自信が付いた事です。

なぜか歩くと、「もう嫌だ、なにもかも嫌だ」と思う気持ちがなくなり、「私はなんでも出来る」と思えるようになりました。足がむずむずしているけど、これだけ歩けるのだから大丈夫と思えたのです。

歩く距離は、1キロから始めて、今では10キロ歩くようになりました。時々、20キロ歩く時もあります。歩く事はとても楽しいです。歩く事が出来る、**自分の足に感謝の気持ちが湧いてきます**。本当に有り難いと思います。

さらに歩いていると、周りの自然の生命力の強さに気付かされます。花、木、草、どれも文句一つ言わずに自分を最大限に活かして、それぞれの所で生きている。何も言わずに寄り添ってくれている、そんな気がします。

私の足がむずむずしていたのは、薬を減らしているから起きている症状でした。薬のせいで、精神的な事だけではなく、身体にも影響が出てきた事は驚きました。辛かったです。

でも、言い方を変えれば、この薬のおかげで私は自信を付ける事が出来ました。薬を飲んだ事によって足がむずむずし、足がむずむずするから、歩く事にした。歩く事で健康になり、自信が付いたのです。

物事には必ず良い面と悪い面があります。良い面に光をあてる事が出来れば、幸せに生きていけるんだと気付く事が出来ました。

おわりに

なぜ、私がこの本を書こうと思ったか、その理由について最後に記しておきたいと思います。

私のてんかんは手術で治りました。両親をはじめ、周りの方のおかげで手術を受ける事ができ、本当に良かったと思います。ところが、それからしばらく経った時、信じられない事が起きました。

私は、乳がんになってしまったのです。

てんかんが治ったのに、今度はがん？
これから、人生を思いっきり楽しもうと思ったのに、なんで今なの？
どうして、いつも病気に苦しめられるの？
世の中には健康な人がたくさんいるのに、なんで私ばっかり？

いろんな思いが頭のなかをぐるぐるまわって、毎日毎日、辛い思いをしていました。

そんなある時、こんな文章に出会ったのです。
「人は自分の人生を生きていない時、病気になる」

はっとしました。そして考えたのです。

私は自分の人生を生きてきただろうか？
胸を張って、自分の人生を歩いてこられただろうか？

答えは「まだ、出来ていない」でした。やり残している事はなんだろう？　そう考えていた時に出てきたのが、**「てんかんの事を社会に伝えていきたい」という思い**です。

このままで終わる事は出来ない。
てんかんの病気について伝えなければいけない。
てんかんに対する偏見をなくしたい。
それが、**私の使命**だから。

これをやらずにこの世は去れません。そう強く思い、出版をする事に決めたのです。

なぜ、私がてんかんの事を社会に伝え、偏見をなくしたいと思ったか。自分が辛い思いをしてきたという事ももちろんありますが、一番大きな理由は、私の母が私のてんかんの事で悲しい思いをしてきたからです。

この世に生まれて、一番初めに見る女性は母親です。母親はどんな人にとっても大切な存在のはず。

そして人は親を選んで生まれてくると言います。この人を幸せにしたいと思い、私も母親を選んで生まれました。母はとても優しく、自慢の母親です。

でもそれと同時に、私はてんかんの病気も選んで生まれてきたのです。

母は私のてんかんの病気が分かった事で、大変そうでした。間近でずっと母の事を見てきた私には、母が何に苦しんでいるのかが次第に分かってきました。それがてんかんに対する偏見だったのです。その偏見があるから、てんかんである事を周りに話してはいけないと、母は私に繰り返し伝えてきたのです。

ですが、私にはそれが苦しかった。

私は自分の個性であるてんかんを、周りに伝えたかったのです。母には感謝の気持ちしかありませんが、それはどうしても譲れませんでした。

個性であるはずのてんかんを、なぜ隠していかなければならないの？

私がてんかんだから、お母さんは幸せになれないの？
私がてんかんでも、お母さんには幸せになって欲しい。

社会からてんかんに対する偏見が次第になくなれば、母も私も辛い思いをしなくて済むのかもしれない、そんな思いが生まれてきたのです。だから私は、偏見をなくすために本書を書く事にしたのです。

そしてもう一つ、この本で伝えたかったのが、**病気であっても、人生を楽しむ権利を誰もが持っている**という事です。

私は子どもの頃から、母には無理をしないように言われてきました。その理由が、てんかんの発作は疲れがたまった時に一番起きやすいから。私の事を心配して、そのように言ってくれたのだと思います。

子どもの頃の私は短距離走が得意で、学校の部活動は陸上部に入りたいと思っていました。でも母から無理をしないように言われていたので運動は諦めたのです。私は本当に走る事が好きだったので、悔しいという気持ちももちろんありました。

てんかんが手術で治った時に、母が言った一言が今でも忘れられません。

ぽつりと「もっと早く治っていたら、陸上選手になれたたね」と言ったのです。

その言葉を聞いた時、悲しい気持ちになりました。母を安心させるために運動を諦めたのに、まるで他人事のように言われた気がしたからです。

後から考えると母は、陸上を諦めさせた事が心に引っかかっていたのかもしれません。だからあの時、母はあの言葉で自分を責めていたのかもしれない。

母の本心は分かりません。どんなにお互いを思いやっていても、相手を完全に理解する事は出来ませんから。

母を心配させないために、私には諦めた事がたくさんあります。でも、もしてんかんについて見守ってくれる社会だったら、私はもっといろいろな事に挑戦できたかもしれない……、私は時々そんな風に考えるのです。

本文にも書きましたが、てんかんの薬をやめる最中に、歩く事が趣味になりました。歩いていると、とても気持ちが良いのです。私、生かされている。歩いているだけなのですが、そんな事を思いました。歩いていると魂が喜ぶのですね。

魂とは自分の思いです。

自分の喜ぶ事をしていると、それだけで幸せです。

だからたとえ病気があっても、誰もが安心して挑戦できる社会を実現するため、この本に思いを込めました。

2020年12月に、200年以上続いた「地の時代」が終わり、「風の時代」になりました。ちょうど執筆をしていた頃、「風の時代」が始まったのです。固く動きのないような土に比べると、風は軽くてダイナミックな動きがあるように見えます。

これからの時代は風を呼んでその流れに乗る、自分で風を巻き起こしていく。それが重要になってきます。いろいろな個性、価値観があっても良いという、個性が尊重される自由な時代です。だからこそ今、みなさんにお伝えしたいと思いました。

てんかんは素敵な個性。
その個性は尊重されるべきです。

人は自分が理解できないものは排除しようとします。てんかんの病気は理解するのは、難しいかも知れません。理解できなくて良いと思います。でも、**自分が理解できないからと言って偏見は持たないで欲しい。**

離れた距離でも構いません。見守る気持ちでいてくれたら、と思います。この本が、病気の人でもいろいろな事に挑戦し、誰もが輝ける社会に向けた一歩になるのなら、こんなに嬉しい事はありません。

最後になりますが、私をいつも見守ってくれた母へ。

てんかんではあったけれど、幸せに生きてこられたのは、お母さんのおかげです。

いつもありがとう。

これからも、人生を一緒に楽しもうね。

〈著者紹介〉

小角亜紀子（こすみ・あきこ）

埼玉県生まれ 東京都在住。

６歳の時、てんかんと診断される。

それから20年以上ものあいだ、近親者以外には「自分がてんかんである」ということを告げられず、病気を隠すことで、周囲の理解も得られないまま苦しい日々を過ごす。全治を目指して通院を続けていたが、良化の兆候がなく落胆していたところ、側頭葉てんかん・左海馬硬化症であることが判明。硬化している海馬を切除することで発作が止まる。

「てんかんへの偏見をなくしたい」「自らがてんかんであることを、周囲に告げられる社会にしたい」「理解され、見守られることで、患者が生きやすい世界にしたい」というメッセージを伝えることを使命に、病気や障害のある人に優しい世界になることを願い、活動している。

わたし、「てんかん」になったよ。

初版1刷発行 ● 2021年12月16日

著者

小角《こすみ》 亜紀子《あきこ》

発行者

小田 実紀

発行所

株式会社Clover出版

〒101-0051 東京都千代田区神田神保町3丁目27番地8 三輪ビル5階
Tel.03(6910)0605 Fax.03(6910)0606 http://cloverpub.jp

印刷所

日経印刷株式会社

©Akiko Kosumi 2021, Printed in Japan

ISBN978-4-86734-051-6 C0095

乱丁、落丁本はお手数ですが 小社までお送りください。送料当社負担にてお取り替えいたします。
本書の内容の一部または全部を無断で複製、掲載、転載することを禁じます。

本書のご注文、内容に関するお問い合わせはClover出版あてにお願い申し上げます。
校正／大江奈保子 原稿整理／上野郁美 編集・制作・デザイン／小田実紀